AF326494

VENTE

Des 17, 18 et 19 Janvier 1907

HOTEL DROUOT, SALLE N° 10

à deux heures

BIJOUX

Ornés de Diamants

Perles et Pierres de couleurs

COMMISSAIRE-PRISEUR

Me PAUL CHEVALLIER

EXPERT

M. LOUIS AUCOC

CATALOGUE

DE

BIJOUX

ORNÉS DE

Diamants, Perles et Pierres de couleurs

BROCHES, BRACELETS

COLLIERS, DIADÈMES, BOUCLES D'OREILLES

BAGUES, ETC.

Appartenant à **M** ***

ET DONT LA VENTE AURA LIEU A PARIS

HOTEL DROUOT, SALLE N° 10

Les Jeudi 17, Vendredi 18 et Samedi 19 Janvier 1907

à deux heures

COMMISSAIRE-PRISEUR

Mᵉ PAUL CHEVALLIER

10, rue Grange-Batelière, 10

EXPERT

M. LOUIS AUCOC

Président de la Chambre syndicale de la Joaillerie

9, rue du 4-Septembre, 9

EXPOSITION PUBLIQUE

Le Mercredi 16 Janvier 1907

DE UNE HEURE ET DEMIE A CINQ HEURES ET DEMIE

CONDITIONS DE LA VENTE

Elle sera faite au comptant.

Les adjudicataires paieront *dix pour cent* en sus des enchères.

L'exposition mettant le public à même de se rendre compte de l'état et de la nature des objets, il ne sera admis aucune réclamation une fois l'adjudication prononcée.

ORDRE DES VACATIONS

Paris.— Imp. Georges Petit, 12, rue Godot-de-Mauroi.— 17333-07.

DÉSIGNATION

1 — TROIS BROCHES, briolettes et brillants.

2 — AIGRETTE brillants, monture écaille.

3 — QUATRE BRACELETS gourmettes, brillants, roses, rubis et saphirs.

4 — QUATRE BAGUES variées, or et brillants.

5 — TROIS BROCHES fantaisie, brillants.

6 — DIADÈME, brillants, saphirs et briolettes.

7 — BRACELET formé de six motifs rectangulaires, rubis et brillants.

8 — TROIS BRACELETS rigides, or et brillants.

9 — BRACELET rigide, saphirs et brillants.

10 — BAGUE or, rubis d'Orient entouré de brillants.

11 — DEUX BOUCLES D'OREILLES, briolettes et brillants.

12 — BAGUE-DIADÈME, perle et brillants.

13 — DEUX BOUCLES D'OREILLES, perle entourée de brillants.

14 — BRACELET gourmette, trois pierres de fantaisie et brillants.

15 — COLLIER rivière avec nœud en brillants.

16 — DEUX AIGRETTES, brillants et briolettes, monture écaille.

17 — NEUF BAGUES, saphirs et brillants.

18 — CINQ BROCHES-HACHETTES ET UNE BROCHE-CLOU, brillants et rubis.

19 — BRACELET gourmette, orné de neuf brillants.

20 — Trois broches variées, rubis et brillants.

21 — Deux bagues, turquoises entourées de brillants.

22 — Chaîne de gilet, avec boule brillants.

23 — Deux bracelets rigides, saphirs et brillants.

24 — Aigrette, briolettes et brillants.

25 — Cinq broches variées, brillants et pierres de couleur.

26 — Broche-barrette, rubis, brillants et briolettes.

27 — Deux boucles d'oreilles, brillants.

28 — Trois broches-clous, deux broches-hachettes et une broche ancre, or, brillants et rubis.

29 — Quatre bracelets souples, or, brillants, rubis, saphirs et perles.

30 — Huit épingles de cravate, perles et brillants.

31 — Sept broches variées, or, brillants et roses.

32 — Trois bracelets acier, brillants et rubis cabochons.

33 — Sept épingles-haches, or, brillants et petits rubis.

34 — Six bagues or, brillants et brillants de fantaisie.

35 — Six bagues or et brillants.

36 — Trois fermoirs, une boucle de gants, brillants et saphir cabochon.

37 — Deux broches, brillants et pierres de fantaisie.

38 — Trois aigrettes variées, brillants et pierres de couleur, dont deux montures écaille.

39 — Neuf broches-barrettes variées or, brillants, roses, perles et pierres variées.

40 — Neuf bagues or, rubis et brillants.

41 — Cinq peignes, quatre épingles, roses, perles et pierres de couleur, et deux faces à mains avec montres ; monture en écaille.

42 — HUIT ÉPINGLES de cravates, brillants, roses et pierres de couleur.

43 — CINQ BRACELETS rigides, or brillants et roses.

44 — TROIS CHAINES de montres, or.

45 — QUINZE BAGUES or, roses et brillants.

46 — DIX ÉPINGLES de cravates, brillants et briolettes.

47 — DIX ÉPINGLES de cravates, or et perles.

48 — TRENTE-SIX PORTE-MINES, or et émail.

49 — VINGT BROCHES, or, brillants, roses et pierres de couleur.

50 — HUIT BROCHES or, brillants, perles et pierres de couleur.

51-52 — CINQ BAGUES or, émeraudes, perles et brillants.

53 — BROCHE-NŒUD, brillants.

54 — CINQ BRACELETS rigides, brillants et saphirs.

55 — DEUX BRACELETS souples, turquoises et brillants.

56 — DIADÈME, briolettes et brillants.

57 — SIX BROCHES fantaisie, brillants.

58 — DEUX BAGUES-DIADÈMES, brillants noirs et brillants blancs.

59 — BAGUE or, perle noire et brillants.

60 — CHAINE de gilet avec boule en brillants.

61 — DIADÈME-AIGRETTE, brillants blancs et brillants fantaisie.

62 — DEUX BRACELETS souples, brillants.

63 — BAGUE or, avec trois brillants de fantaisie.

64 — DEUX BAGUES, perles et brillants.

65 — SIX PAIRES DE BOUCLES D'OREILLES, brillants.

66 — TROIS BRACELETS rigides, brillants.

67 — Aigrette, brillants et briolettes.

68 — Deux boutons d'oreilles, brillants.

69 — Six broches clous, hachettes et poignards, or et brillants.

70 — Trois bracelets rivières, brillants.

71 — Bague rivière, rubis de Siam et brillants, et bague, pierre de fantaisie entourée de brillants.

72 — Deux bagues, perles fantaisie et brillants.

73 — Broche, brillants noirs et brillants blancs.

74 — Deux broches, perles, brillants et roses.

75 — Onze épingles de cravate, saphirs cabochons et petites roses.

76 — Dix épingles, perles et brillants.

77 — Quatre colliers, petites perles.

78 — DEUX BAGUES à trois corps, brillants blancs et de fantaisie.

79 — QUATRE BAGUES, brillants et brillants de fantaisie.

80 — DEUX BOUCLES D'OREILLES, turquoise entourée de brillants.

81 — DEUX BAGUES, perles et brillants.

82 — CINQ BROCHES et branches de corsage, brillants et roses.

83 — BAGUE, perle entre deux brillants.

84 — DIX PAIRES DE BOUTONS D'OREILLES, brillants.

85 — SIX BROCHES, clous et hachettes, brillants de fantaisie.

86 — SIX ÉPINGLES de cravate, brillants.

87 — TROIS BRACELETS-GOURMETTE, brillants, saphirs, émeraudes, cabochons et rubis.

88 — BROCHE-PENDANT, perle, brillants et briolettes.

89 — Bague or, brillant et perle.

90 — Sept paires de boutons d'oreilles, brillants solitaires.

91 — Petit collier, pampilles brillants.

92 — Cinq bagues, brillants solitaires.

93 — Un lot de paires de boutons de manchettes, or et pierres diverses et boutons de chemise.

94 — Deux bagues or et brillants.

95 — Quatre bagues, perles, corps en brillants.

96 — Deux bagues, brillants solitaires.

97 — Onze épingles de cravate, perles.

98 — Trente-neuf bagues variées, or et petites pierres.

99 — Sept broches variées, or, perles, brillants, roses et pierres diverses.

100 — Six broches en forme d'animaux, roses, perles et pierres de couleur.

101 — TROIS BAGUES, diamants noirs et brillants.

102 — DEUX BAGUES, saphirs entourés de brillants.

103 — BRACELET rigide, brillants et rubis.

104 — DEUX BROCHES-BARRETTES, pierres de fantaisie et brillants.

105 — NEUF BOUTONS de chemise, or et perles.

106 — AIGRETTE, brillants et briolettes.

107 — DEUX BROCHES-POIGNARDS, UNE BROCHE-ANCRE, UNE BROCHE-CLOU, brillants blancs et de fantaisie.

108 — BRACELET souple, brillants.

109 — BAGUE, brillant noir entre deux poires brillants.

110 — DEUX BOUTONS D'OREILLES, brillants.

111 — DIADÈME, brillants blancs et de fantaisie.

112 — Dix paires de boutons de manchettes, perles, chaînettes avec boucles, rubis, saphirs et brillants.

113 — Bracelet souple, brillants noirs et blancs.

114 — Sautoir brillants, monture or et platine.

115 — Deux bagues, saphirs et brillants.

116 — Diadème, rubis et brillants.

117 — Collier rivière, formant pendant, avec nœud en brillants.

118 — Broche, perle entourée de brillants, avec pendeloque perle.

119 — Deux épingles de cravate, perles.

120 — Bracelet gourmette, turquoises et brillants.

121 — Deux boutons d'oreilles, saphirs entourés de brillants.

122 — Bague à trois corps, or et platine, brillants, saphir et rubis.

123 — Broche-barrette, brillants.

124 — Six bracelets, brillants et roses.

125 — Bague-diadème, brillants.

126 — Six broches, hachettes et poignards, brillants et petits rubis.

127 — Cinq broches, brillants et pierres de couleur.

128 — Trois bagues, brillants, rubis, émeraudes et roses.

129 — Broche-nœud, brillants blancs et brillants bruns, pampilles perles.

130 — Deux bagues, brillants de couleur entre deux petits brillants et rubis, cabochon entre deux brillants.

131 — Deux bracelets gourmettes, saphirs, cabochon entouré de brillants et rubis de Siam avec six brillants.

132 — Sept paires de boutons d'oreilles, brillants.

133 — Trois bracelets rigides, saphirs et brillants.

134 — Broche-ancre, brillants noirs et brillants blancs.

135 — Quatorze boutons d'oreilles or et perles.

136 — TROIS BROCHES-ANIMAUX, brillants et pierres de couleurs.

137 — DEUX BOUTONS D'OREILLES, perles entourées de brillants, et paire de boutons de manchettes, perles et rubis.

138 — SIX PAIRES DE BOUTONS D'OREILLES, rubis entourés de brillants.

139 — DOUZE BAGUES, or et pierres diverses.

140 — VINGT-HUIT ÉPINGLES de cravate, or et pierres diverses.

141 — SEPT ÉPINGLES de cravate, perles entourées de brillants, dont une avec trèfle et perles.

142 — UN LOT DE PAIRES DE BOUTONS D'OREILLES, or, perles et pierres diverses.

143 — DEUX BAGUES croisées, avec brillants.

144 — QUATRE BAGUES, brillants solitaires.

145 — LOT DE BRELOQUES or.

RED. :

18

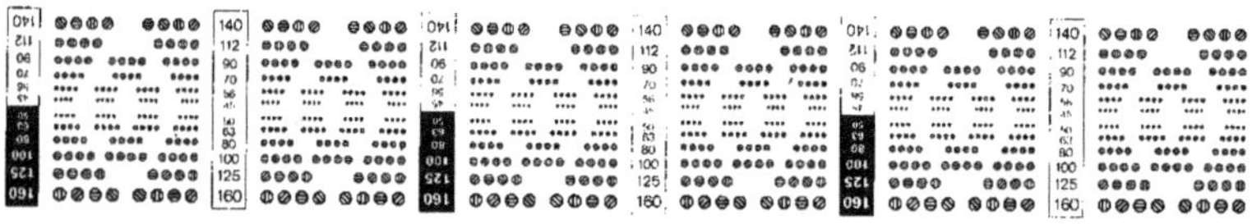

MIRE ISO N° 1
NF Z 43-007
AFNOR
Cedex 7 - 92080 PARIS-LA-DÉFENSE

graphicom
379.89.70

0 1 2 3 4 5 6 7 8 9 10

BIBLIOTHEQUE
NATIONALE
DE FRANCE

****

CHATEAU
DE
SABLE
1996

9 782329 278322